觀 光 日 語

劉桂芬／著

目　　録

(一)　基礎日語

・課文

㈡　觀光日語

五十音

平假名
片假名

平假名五十音圖

第一圖

	a	あ	i	い	u	う	e	え	o	お
k	ka	か	ki	き	ku	く	ke	け	ko	こ
s	sa	さ	shi	し	su	す	se	せ	so	そ
t	ta	た	chi	ち	tsu	つ	te	て	to	と
n	na	な	ni	に	nu	ぬ	ne	ね	no	の
h	ha	は	hi	ひ	fu	ふ	he	へ	ho	ほ
m	ma	ま	mi	み	mu	む	me	め	mo	も
y	ya	や	(i)	(い)	yu	ゆ	(e)	(え)	yo	よ
r	ra	ら	ri	り	ru	る	re	れ	ro	ろ
w	wa	わ	(i)	(い)	(u)	(う)	(e)	(え)	o	を
	n	ん								

第二圖

ga	が	gi	ぎ	gu	ぐ	ge	げ	go	ご
za	ざ	ji	じ	zu	ず	ze	ぜ	zo	ぞ
da	だ	ji	ぢ	zu	づ	de	で	do	ど
ba	ば	bi	び	bu	ぶ	be	べ	bo	ぼ
pa	ぱ	pi	ぴ	pu	ぷ	pe	ぺ	po	ぽ

第三圖

kya	きゃ	kyu	きゅ	kyo	きょ
sha	しゃ	shu	しゅ	sho	しょ
cha	ちゃ	chu	ちゅ	cho	ちょ
nya	にゃ	nyu	にゅ	nyo	にょ
hya	ひゃ	hyu	ひゅ	hyo	ひょ
mya	みゃ	myu	みゅ	myo	みょ
rya	りゃ	ryu	りゅ	ryo	りょ

gya	ぎゃ	gyu	ぎゅ	gyo	ぎょ
ja	じゃ	ju	じゅ	jo	じょ

bya	びゃ	byu	びゅ	byo	びょ
pya	ぴゃ	pyu	ぴゅ	pyo	ぴょ

片假名五十音圖

第一圖

	a	ア	i	イ	u	ウ	e	エ	o	オ
k	ka	カ	ki	キ	ku	ク	ke	ケ	ko	コ
s	sa	サ	shi	シ	su	ス	se	セ	so	ソ
t	ta	タ	chi	チ	tsu	ツ	te	テ	to	ト
n	na	ナ	ni	ニ	nu	ヌ	ne	ネ	no	ノ
h	ha	ハ	hi	ヒ	fu	フ	fe	ヘ	ho	ホ
m	ma	マ	mi	ミ	mu	ム	me	メ	mo	モ
y	ya	ヤ	(i)	(イ)	yu	ユ	(e)	(え)	yo	ヨ
r	ra	ラ	ri	リ	ru	ル	re	レ	ro	ロ
w	wa	ワ	(i)	(イ)	(u)	(ウ)	(e)	(エ)	o	ヲ
	n	ン								

第二圖

ga	ガ	gi	ギ	gu	グ	ge	ゲ	go	ゴ
za	ザ	ji	ジ	zu	ズ	ze	ゼ	zo	ゾ
da	ダ	ji	ヂ	zu	ヅ	de	デ	do	ド
ba	バ	bi	ビ	bu	ブ	be	ベ	bo	ボ
pa	パ	pi	ピ	pu	プ	pe	ペ	po	ポ

第三圖

kya	キャ	kyu	キュ	kyo	キョ
sha	シャ	shu	シュ	sho	ショ
cha	チャ	chu	チュ	cho	チョ
nya	ニャ	nyu	ニュ	nyo	ニョ
hya	ヒャ	hyu	ヒュ	hyo	ヒョ
mja	ミャ	myu	ミュ	myo	ミョ
rya	リャ	ryu	リュ	ryo	リョ

gya	ギャ	gyu	ギュ	gyo	ギョ
ja	ジャ	ju	ジュ	jo	ジョ

bya	ビャ	byu	ビュ	byo	ビョ
pya	ピャ	pyu	ピュ	pyo	ピョ

一 基礎日語

第一課　これはなんですか

1. これはなんですか 。
   それはおかねです 。
2. それはなんですか 。
   これはりんごです 。
3. あれはなんですか 。
   あれはとけいです 。
4. これはしんぶんですか 。
   はい 、そうです 、それはしんぶんです 。

いいえ、それはしんぶんではありません、
それはざっしです。

5. あれはねこですか。
はい、そうです、あれはねこです。
いいえ、あれはねこではありません、あれ
はうさぎです。

6. これはなんですか。
それは（　　　　）です。

7. それはなんですか。
これは（　　　　）です。

8. あれはなんですか。
あれは（　　　　）です。

おかね

ざっし

りんご

ねこ

とけい

しんぶん

うさぎ

NOTE

第二課 ここになんにんいますか、 ありますか

1. ここになんにんいますか。
   さんにん　います。
2. スミスさんはどこにいますか。
   スミスさんはここにいます。
3. リンさんはどこにいますか。
   リンさんはあそこにいます。
4. かぎはどこにありますか。
   かぎははこのなかにあります。

5. あなたはどれぐらいもっていますか。

　　わたしはいつつもっています。

6. ここに女のひとがなんにんいますか。

　　ここに女のひとが（　　　　　）います。

7. 木の上になにがいますか。

　　木の上に（　　　　　）がいます。

8. あそこになにがありますか。

　　あそこに（　　　　　）があります。

```
＊　ひとり　ふたり　さんにん　よにん
　　ごにん　ろくにん　しちにん　はちにん
　　きゅうにん　じゅうにん
＊　ひとつ　ふたつ　みっつ　よっつ　いつつ
　　むっつ　ななつ　やっつ　ここのつ　とお
```

かぎ

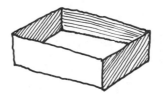

はこ

かばん

NOTE

第三課　これはいくらですか

1. これはいくらですか 。
   それは 百円(ひゃくえん)です 。
2. コーヒーはいくらですか 。
   コーヒーは 五十円(ごじゅうえん)です 。
3. あのくつはいくらですか 。
   あのくつは 二千円(にせんえん)です 。
   あれをください 。
4. このスカートはいくらですか 。
   そのスカートは 千五百円(せんごひゃくえん)です 。
   たかいですね 。
   いいえ 、たかくはありません 。
   しなものがちがいますから 。
   ほんとうですか 。
5. これはだれのかさですか 。
   それはわたしのかさです 。
6. 日本のタクシーの基本料金はいくらです
   か 。
   日本のタクシーの基本料金は（　　　　　）
   です 。

7. これはいくらですか。

　　それは（　　　　）円です。

8. このかさはいくらですか。

　　そのかさは（　　　　）円です。

＊	一 いち	二 に	三 さん	四 し	五 ご	六 ろく	七 しち	八 はち	九 く
	十 じゅう	百 ひゃく	千 せん	円 えん					

かいわ 〈1〉 はじめまして

やまだ：はじめまして、わたしはやまだです、
　　　　どうぞよろしく。

リン　：はじめまして、わたしはリンです、こ
　　　　ちらこそ、どうぞよろしく。

やまだ：これはわたしのめいしです。

リン　：あ、どうもありがとう、やまださんは
　　　　ホテルにお勤めですね。

やまだ：はい、そうです。

リン　　：あなたのホテルはどこにありますか。

やまだ：わたしのホテルはしんじゅくにありま
　　　　す。

リン　　：あ、そうですか。

やまだ：ホテルのなかにおおきいレストランが
　　　　あります。

リン　　：あのレストランはおいしいですか。

やまだ：はい、あのレストランはおいしいです。

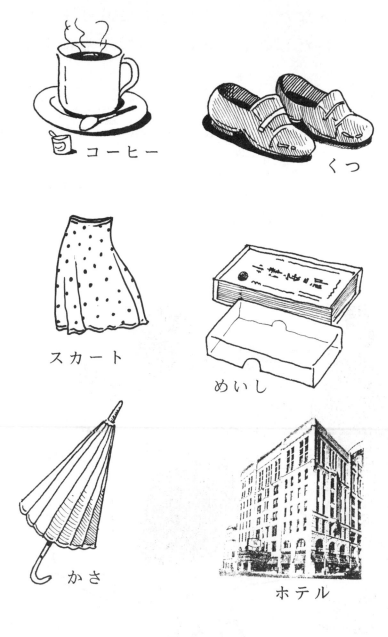

コーヒー

くつ

スカート

めいし

かさ

ホテル

NOTE

第四課 いまなんじですか

1. いまなんじですか。

   いまちょうど2時です。

   あなたのとけいはせいかくですか。

   いいえ、いつも五分遅れています。

2. あなたはまいにちなんじにおきますか。

   わたしはまいにち6時におきます、わたし
   は11時にねます。

3. ここからあなたのうちまでなんぷんかかりま
   すか。

   ここからわたしのうちまで十五分かかりま
   す。

4. あなたはなん時^じにあさごはんをたべますか。

わたしは 7 時^{しちじ}にあさごはんをたべます。

5. あなたはなん時^じにがっこうにきますか。

わたしは 8 時^{はちじ}にがっこうにきます。

6. いまなんじですか。

いま（　　　　　）です。

7. いまなんぷんですか。

いま（　　　　　）です。

8. とうきょうからおおさかまでなんじかんで
すか。

とうきょうからおおさかまで（　　　　　）で
す。

---

*	いちじ 1 時	にじ 2 時	さんじ 3 時	よじ 4 時	ごじ 5 時	ろくじ 6 時
	しちじ 7 時	はちじ 8 時	くじ 9 時	じゅうじ 10 時		
*	いっぷん 1 分	2 ふん	3 ぷん	4 ぷん	5 ふん	
	6 ぷん	7 ふん	はち はっ 8 ぷん	9 ふん	じゅっ じっ 10ぷん	
	15 ふん	さんじゅっ 30ぷん				

おきる

ねる

あさごはんをたべる

NOTE

第五課　わたしはたなかです

1. あなたはだれですか 。
   わたしはたなかです 。
2. かれはだれですか 。
   かれはリンさんです 。
3. かのじょはだれですか 。
   かのじょはまつやまさんです 。
4. あなたはいとうさんですか 。
   はい 、そうです 。
   いいえ 、そうではありません 、わたしはい
   しかわです 。
5. かれはスミスさんですか 。
   はい 、そうです 。
   いいえ 、そうではありません 、かれはりー
   さんです 。
   あなたのおともだちですか 。
   はい 、そうです 。
6. あなたはだれですか 。
   わたしは（　　　　　）です 。

7. かれはだれですか 。

　　かれは（　　・　　）です 。

8. それはだれのとけいですか 。

　　これは（　　　　　）のとけいです 。

＊	じゅういち 11	じゅうに 12	じゅうさん 13	じゅうよん 14	じゅうご 15
	じゅうろく 16	じゅうしち 17	じゅうはち 18	じゅうく 19	にじゅう 20

まつやまさん

せんせい

NOTE

第六課　わたしはごはんをたべます

1. わたしはごはんをたべます。
2. あなたはビールをのみますか。
   はい、わたしはビールをのみます。
   いいえ、わたしはビールをのみません。
3. あなたはきょうなにをたべますか。
   わたしはきょうパンをたべます。
4. かれはまいにちてがみをかきますか。
   はい、かれはまいにちてがみをかきます。
   いいえ、かれはときどきてがみをかきます。
5. あなたはまいにちテレビをみますか。
   はい、わたしはまいにちテレビをみます。

いいえ、まいにちはみません。

ときどきみます。

6. わたしはまいにち（　　　　）をたべます。

7. かれは（　　　　）をのみます。

8. あなたはきょうなにをききますか。

わたしはきょう（　　　　）をききます。

＊	じゅう 10	にじゅう 20	さんじゅう 30	よんじゅう 40	こじゅう 50	ろくじゅう 60
	ななじゅう 70	はちじゅう 80	きゅうじゅう 90	ひゃく 100		

かいわ〈2〉でんわ

リン　　　：もし、もし。
　　　　　　石川さんのおたくですか。

おくさん：はい、そうです。

リン　　　：わたしはリンです。
　　　　　　石川さんはいらっしゃいますか。

おくさん：はい、おります。
　　　　　　少少、おまちください。

石川　　　：お電話かわりました。
　　　　　　こんにちは。

リン　　　：こんにちは。
　　　　　　お元気ですか？

石川　　　：おかげさまで　たいへん　げんきです。

リン　　　：（あなたは）きょう時間がありますか。

石川　　　：ええ、なんでしょうか。何かごようですか。

リン　　　：いっしょうに　えいがを見に行きませんか。

石川　　：えいが。あまりえいがはみたくあり
　　　　　ません。

リン　　：そうですか、ではまた、さようなら。

石川　　：さようなら。

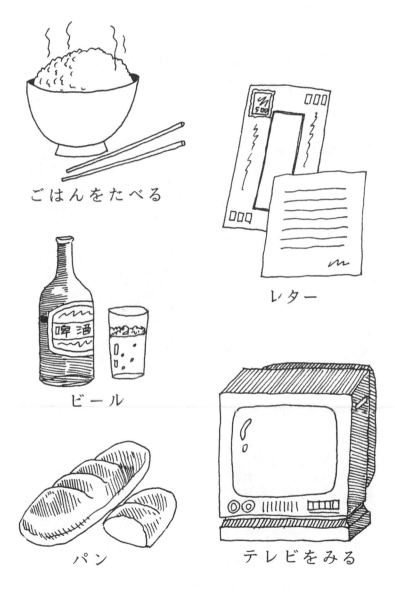

ごはんをたべる

レター

ビール

パン

テレビをみる

NOTE

第七課 あなたはどこに行きますか

1. あなたはどこに行きますか。
   わたしはぎんこうに行きます。
2. わたしはデパートに行きます。
3. あなたはいつとうきょうに行きますか。
   わたしはあしたとうきょうに行きます。
4. あなたはまいにちバスにのりますか。
   はい、わたしはまいにちバスにのります。
   いいえ、わたしはときどきバスにのります。
5. きのうあなたはどこに行きましたか。
   きのうわたしは本やに行きました。

6. せんしゅうあなたはどこに行きましたか。
　　せんしゅうわたしは（　　　　　）に行きました。

7. きのうあなたはどこに行きましたか。
　　きのうわたしは（　　　　　）に行きました。

8. あなたはどこでばんごはんを食べますか。
　　わたしは（　　　　　）でばんごはんを食べます。

＊　きのうーきょうーあした。
＊　せんしゅうーこんしゅうーらいしゅう。

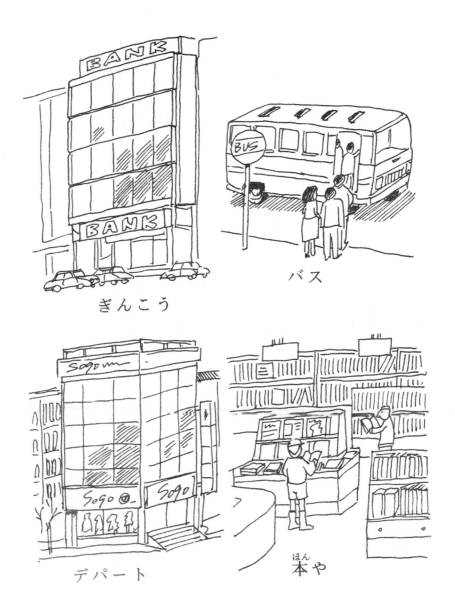

ぎんこう

バス

デパート

<ruby>本<rt>ほん</rt></ruby>や

NOTE

第八課　きょうはなんようびですか

1. きょうはなんようびですか。
   きょうはげつようびです。
2. あなたはにちようびどこに行きますか。
   わたしはにちようびこうえんに行きます。
3. かのじょはまいにちがっこうにきますか。
   はい、かのじょはまいにちがっこうにきます。
   いいえ、かのじょはかようびともくようびにがっこうへきます。
4. あなたはきょうでんしゃにのりますか。
   はい、わたしはきょうでんしゃにのります。
   いいえ、わたしはきょうでんしゃにのりません。
   わたしはバスにのります。
5. あなたはなんようびびょういんに行きますか。
   わたしはきんようびびょういんに行きます。
6. きょうはなんようびですか。
   きょうは（　　　　　）ようびです。

7. かのじょは（　　　　　）に行きます。
8. わたしは（　　　　　）にのります。

```
＊ 日 月 火 水 木 金 土
   にち げつ か すい もく きん ど
```

こうえん

でんしゃ

がっこう

びょういん

NOTE

第九課　こん月はなんがつですか

1. こん月はなんがつですか。
   こん月は6がつです。
2. はるはあたたかいです。
   なつはあついです。
   あきはすずしいです。
   ふゆはさむいです。
3. きょ年のなつあなたはどこにいましたか。
   きょ年のなつわたしはアメリカにいました。
4. きょうはなん日ですか。
   きょうはついたちです。
5. あなたのたんじょうびはいつですか。
   わたしのたんじょうびは1がつとおかです。
6. きょうはなん日ですか。
   きょうは（　　　　　）です。
7. きょうはなんがつなん日ですか。
   きょうは（　　　　　）です。
8. わたしのたんじょうびは（　　　　　）です。

＊　せんしゅうーこんしゅうーらいしゅう。

＊　ついたち、ふつか、みっか、よっか、いつ
か、むいか、なのか、ようか、ここのか、
とおか、じゅういち日、じゅうに日、じゅ
うさん日、じゅうよっか、じゅうご日、じゅ
うろく日、じゅうしち日、じゅうはち日、
じゅうく日、はつか
せん月ーこん月ーらい月。
きょ年ーことしーらい年。

かいわ 〈3〉 かいもの

店員(てんいん)：いらっしゃいませ。

何(なに)を おさがしですか 。

リー：かばんが 欲(ほ)しいです。

店員：どんな 色(いろ)が 宜(よろ)しいですか 。

リー：さいきん 流 行(りゅうこう)のいろを 見(み)せてください 。

店員：かしこまりました 。ほかに なにか ござい

ません か 。

リー：おなじいろの くつが ありますか 。

店員：はい 、ございます 。しょうしょう おまち

ください 。

リー：それは いいですね 。いくらですか 。

店員：かばんは 10,000円(えん)です、くつは 5,000円(えん)です。

リー：高(たか)いですね 。

すこし やすく なりませんか 。

店員：とうてんでは ねびきは しません 。

リー：そうですか 。じゃ 、これを ください 。

店員：どうも ありがとう ごさいました 。

あたたかい　　すずしい

あつい　　さむい

NOTE

第十課　おてんきはどうですか

1. きょうのおてんきはどうですか 。
   とてもいいですね 。

2. まいにちあついですか 。
   ええ 、きょうはきのうより　あついです 。
   かぜがぜんぜんありません 。

3. いまあなたの国_{くに}はなつですか 。
   はい 、そうです 。いまなつです 。
   いいえ 、いまふゆです 。

4. はるはいつごろはじまりますか 。
   はるは 3 がつごろはじまります 。
   あきはいつごろおわりますか 。
   あきは11がつごろおわります 。

5. 日本_{にほん}はいつごろたくさん雨_{あめ}がふりますか 。
   日本_{にほん}は 6 がつと 7 がつたくさん雨_{あめ}がふりま
   す 。

雨がふる

ふゆ

NOTE

第十一課　あなたのおとうさんはなんさいですか

1. あなたのおとうさんはなんさいですか。
   父（ちち）は65さいです。

2. あなたのおねえさんはなんさいですか。
   あねは25さいです。

3. あなたのおかあさんはいまどこにいますか。
   母（はは）は日本（にほん）にいます。

4. あなたはきょうだいがいますか。
   はい、5人（ごにん）います。
   いいえ、きょうだいはいません。

5. あなたのおにいさんはゆうめいですか。
   はい、あにはゆうめいです。
   ごりょうしんはおげんきですか。

6. あなたのおねえさんは（　　　　）ですか。
   はい、あねは（　　　　）です。

7. このひとがわたしの（　　　　）です。

8. 母のきらいなものは（　　　　）です。

＊ 父、母、兄、姉、妹、弟、両親、
　兄弟

おとうさん

おにいさん

おかあさん

おとうと

おねえさん

いもうと

NOTE

第十一課　えいがはおもしろかったです

1. せんしゅうの日<ruby>日<rt>にち</rt></ruby>ようびわたしはえいがを見<ruby>見<rt>み</rt></ruby>ました。

   えいがはおもしろかったです。

2. せん月<ruby>月<rt>げつ</rt></ruby>りょこうをしました。

   りょこうはとてもよかったです。

3. わたしはごはんをたくさん食<ruby>食<rt>た</rt></ruby>べました。

   ごはんはとてもおいしかったです。

4. そのふくは高<ruby>高<rt>たか</rt></ruby>かったですか。

   はい、高<ruby>高<rt>たか</rt></ruby>かったです。

　　　いいえ、高くありませんでした。

5. パーティはたのしかったですか。

　　はい、たのしかったです。

　　いいえ、たのしくありませんでした

　　つまらなかったです。

6. けさは（　　　　　）たです。

7. ゆうべは（　　　　　）たです。

8. （　　　　　）はとても（　　　　　）です。

＊　おもしろい→おもしろかった。

　うるさい→うるさかった。

　高い→高かった。

　いい→よかった。

　さむい―さむかった。

　あつい→あつかった。

　あたたかい→あたたかかった。

かいわ〈4〉びょういん

たなか：うけつけはどちらでしょうか。

女の人：あちらです。

いしゃ：どうしましたか。

たなか：熱があって、頭が痛いです。
　　　　食欲が ありません。

いしゃ：ずいぶんのどがはれています。
　　　　風邪ですよ。よるあまり

　　　　しごとをしないで、早くねてください。

たなか：はい、わかりました。おふろに入って

もいいですか。

いしゃ：いいえ、いけません。では、ちゅう
　　　　しゃをしましょう。

たなか：せんせい、ちゅうしゃよりくすりのほ
　　　　うがいいです。ちゅうしゃはいたいで
　　　　すから。

いしゃ：では、くすりをあげますから、のんで
　　　　ください。

たなか：はい、くすりはいつのみますか。

いしゃ：あさ、ひる、ばんみっつずつのんでく
　　　　ださい。

たなか：どうもありがとうございました。

りょこう　　　　　　ちゅうしゃ

パーティ　　　　　　くすり

NOTE

• 常用單語索引

身　體

1. あたま　　頭
2. かお　　　臉
3. め　　　　眼
4. まゆ　　　眉
5. はな　　　鼻
6. みみ　　　耳
7. くち　　　口
8. した　　　舌頭
9. は　　　　齒
10. ひげ　　　鬍鬚
11. くび　　　脖子
12. かた　　　肩膀
13. て　　　　手
14. ゆび　　　手指
15. つめ　　　指甲
16. むね　　　胸
17. おなか　　肚子
18. あし　　　脚
19. い　　　　胃
20. しんぞう　　心臟

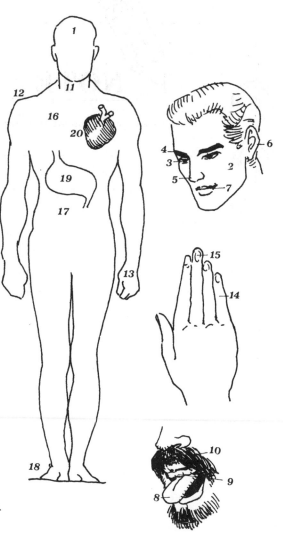

大自然

1. しき　　四季
2. はる　　春
3. なつ　　夏
4. あき　　秋
5. ふゆ　　冬
6. かぜ　　風
7. あめ　　雨
8. くも　　雲
9. きり　　霧
10. ゆき　　雪

11. かみなり　　雷
12. たいよう　　　太陽
13. つき　　　月
14. ほし　　　星
15. うみ　　　海
16. やま　　　山
17. しま　　　島
18. みなと　　　港
19. かわ　　　川
20. はな　　　花

21.きく　　菊

22.さくら　　櫻

23.うめ　　梅

24.ゆり　　百合

25.ひまわり　　向日葵

26.まつ　　松

27.すぎ　　杉

28.きり　　桐

29.たけ　　竹

30.は　　葉子

31.き　　木

32.くさ　　草

日常生活

1. いえ　　家
2. へや　　房間
3. にわ　　庭院
4. ふろば　　澡堂
5. だいどころ　　廚房
6. まど　　窗
7. とこ　　床
8. つくえ　　桌子
9. いす　　椅子
10. たんす　　衣櫃
11. まくら　　枕頭
12. れいぞうこ　　冰箱

13.せんぷうき　　電風扇
14.テレビ　　電視
15.ラジオ　　收音機
16.でんき　　電燈
17.ミキサー　　果菜機
18.そうじき　　吸塵器
19.でんしレンジ　　微波爐
20.コンピュータ　　電腦
21.はこ　　箱子
22.さら　　盤子
23.なべ　　鍋子
24.はいざら　　煙灰缸

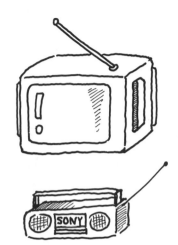

25. ライター　　打火機

26. はし　　筷子

27. はり　　針

28. ごみばこ　　垃圾筒

29. はブラシ　　牙刷

30. せっけん　　肥皂

31. タオル　　毛巾

32. ろうそく　　蠟燭

33. かみ　　紙

34. ペン　　筆

35. えんぴつ　　鉛筆

36. きって　　郵票

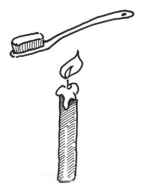

37. きっぷ　　車票

38. スポーツ　　運動

39. ひこうき　　飛機

40. でんしゃ　　電車

41. ちかてつ　　地下鐵

42. くるま　　汽車

43. じてんしゃ　　脚踏車

44. ちゃわん　　碗

45. おんがく　　音樂

46. りんご　　蘋果

47. なし　　梨

48. もも　　桃子

49. かき　　　柿
50. レモン　　　檸檬
51. ぶどう　　　葡萄
52. バナナ　　　香蕉
53. いちご　　　草莓
54. パパイヤ　　　木瓜
55. パイナップル　　　鳳梨
56. すいか　　　西瓜
57. トマト　　　蕃茄
58. じゃがいも　　　馬鈴薯
59. たまねぎ　　　洋蔥
60. にんじん　　　紅蘿蔔

61. だいこん　　白蘿蔔
62. ねぎ　　葱
63. たけのこ　　竹筍
64. にんにく　　蒜
65. あずき　　紅豆
66. こめ　　米
67. にく　　肉
68. さかな　　魚
69. すし　　壽司
70. やさい　　野菜
71. ケーキ　　蛋糕
72. パン　　麵包

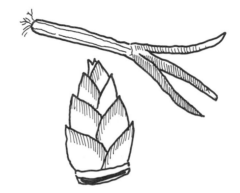

73.そば　　麺
74.さけ　　清酒
75.しお　　鹽
76.さとう　　糖
77.す　　醋
78.しょうゆ　　醬油
79.こしょう　　胡椒
80.みず　　水
81.ミルク　　牛奶
82.こおり　　冰
83.アイスクリーム　　冰淇淋
84.コーヒー　　咖啡

| 動　物 |

1.うま　　　馬
2.うし　　　牛
3.くま　　　熊
4.とら　　　虎
5.しか　　　鹿
6.ぞう　　　象
7.ひつじ　　羊
8.ぶた　　　豬
9.しし　　　獅子
10.いぬ　　　狗

11.ねこ　　猫
12.ねずみ　　鼠
13.パンダ　　熊猫
14.うさぎ　　兎
15.さる　　猴子
16.にわとり　　雞
17.あひる　　鴨
18.さかな　　魚
19.こい　　鯉
20.たこ　　章魚

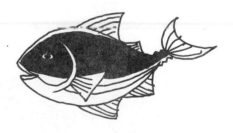

21. いか　　鳥賊
22. あわび　　鮑魚
23. えび　　蝦
24. かに　　蟹
25. はまぐり　　蛤
26. かめ　　龜
27. かえる　　蛙
28. へび　　蛇
29. とり　　鳥
30. つる　　鶴

31. うぐいす　　鶯

32. はと　　　鳩子

33. からす　　烏鴉

34. すずめ　　麻雀

35. せみ　　蟬

36. か　　蚊子

37. はえ　　蒼蠅

38. あり　　蟻

39. くも　　蜘蛛

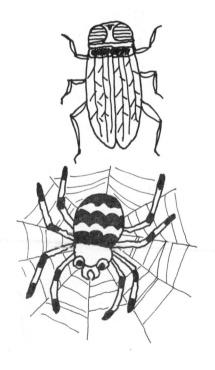

形容詞

1.ちいさい──→おおきい　小→大

2.たかい──→ひくい　高→低

3.ながい──→みじかい　長→短

4.はやい──→おそい　快→慢

5.おもしろい──→つまらない　有趣→無聊

6.あたらしい──→ふるい　新的→舊的

7.いい──→わるい　好→惡

8.むずかしい──→やさしい　難→容易

9.おいしい──→まずい　好吃→難吃

10.おもい──→かるい　重→輕

11.やわらかい──→かたい　柔軟→堅硬

會話用語

一、あいさつ

1 . おはようございます。

2 . こんにちは。

3 . こんばんは。

4 . おやすみなさい。

5 . さようなら。

6 . では、また。

7 . どうぞよろしく。

二、かんしゃ

1 . どうもありがとうございます 。

2 . どういたしまして 。

3 . こちらこそ 。

4 . いろいろとお世話になりました 。ありがとうございました 。

三、 おわび

1 . すみません、ごめんなさい、しつれいしました 。

2 . ほんとうにもうしわけありません 。

四、人を訪ねる時

1 . おじゃまします 。

2 . どうぞおはいりください 。

3 . どうぞおあがりください 。

4 . どうぞおらくに 。

五、返事

1. はい、わかりました 。

2. わかっています 。

3. はい、そうです 。

4. だいじょうぶです 。

5. おもしろそうですね 。

6. いいえ、わかりません 。

7. おぼえていません 。

8. それはたいへんですね 。

9. なんですか 。

六、お願い

1. もっとゆっくりはなしてください 。

2. もういちどおねがいします 。

NOTE

二 觀光日語

第一章　空港で

第一節　航空会社（こうくうがいしゃ）のカウンターで

G：客（きゃく）
S：職員（しょくいん）

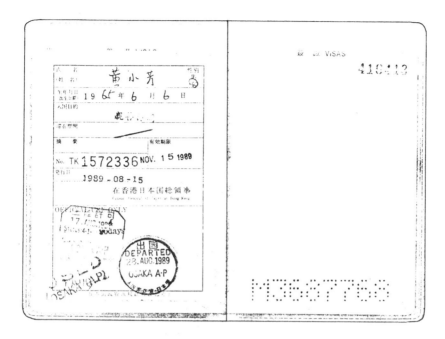

G：すみませんが、9時30分発ＳＱ８便東京
　　行きは、ここでいいですか。

S：はい、そうです。恐れ入りますが、パス
　　ポートと航空券をお見せ下さい。

G：はい、どうぞ。

S：恐れ入りますが、空港使用券をおもちです
　　か。

G：いいえ、もっていません。

S：では、あちらのカウンターで売っておりま

すので、お買い求め下さいませ。

料金は３００円でございます。

G：はい、空港使用券をどうぞ。

S：お荷物をこの上にどうぞ、おいくつですか。

G：3つです。

S：お客さまは、タバコをお吸いになります
　　か。

G：いいえ、吸いません。

S：では、座席券とパスポートと航空券をどう
　　ぞ。

G：どうもありがとうございました。

NOTE

第二節　空港での見送り

A：客
B：リンさん

A：リンさん、お忙しいところ、わざわざお見送り、どうもありがとうございました。

B：どういたしまして、どうぞあまりお気を使わないで下さい。

A：もう、そろそろ中へ入る時間ですから、きょ
　　うはほんとうにありがとうございました。
B：では、楽しい旅行をなさって下さい。
A：リンさんもどうぞお元気で、さようなら。
B：さようなら。

第三節　荷物の検査

G：客
I：税関

G：お願いします。
I：どこへ行かれますか。
G：日本です。
I：これは何ですか。
G：おみやげです。
I：なかみは何ですか。
G：からすみです。
I：ちょっとあけて見ます。
G：どうぞ。
I：わかりました。もう結構です。
G：どうもありがとうございました。

第四節　パスポートの検査

G：お願(ねが)いします。

I：どこからこられましたか。

G：台湾(たいわん)からきました。

I：目的(もくてき)は何(なん)ですか。

G：観光(かんこう)です。

I：ご滞在(たいざい)の期間(きかん)は、どのぐらいですか。

G：約一週間(やくいっしゅうかん)の預定(よてい)です。

I：こちらの滞在預定地(たいざいよていち)は、どちらですか。

G：ヒルトンホテルです。

I：では。結構(けっこう)です。

第五節　空港にお出迎え

Y：山本
L：りー

L：ヒルトンホテルさんですか。わたしはりー
　　です。

Y：いらっしゃいませ。お待ちいたしておりま
した。
お顔を存じませんので、失礼いたしました。
L：どういたしまして。
Y：はじめまして、ヒルトンホテルの山本です。
どうぞよろしくお願いいたします。
L：リーです。このたびはいろいろお世語にな
りますが、どうぞよろしく。
Y：こちらこそ、よろしくお願いいたします。
お荷物をおもちいたしましょう。
L：どうもすみません。
Y：どういたしまして。まずホテルに案内いた
します。
L：お願いします。

空港用語
1. 預約　　2. パスポート　　3. 荷物
4. ビザ　　5. 国際線　　　6. 国内線
7. 運賃　　8. 片道　　　　9. 往復
10. 税関　 11. 免税　　　 12. 航空券

NOTE

第二章　ホテルで

第一節　フロントの応対

R：レセプション
G：客

R：いらっしゃいませ、どうもお疲れさまでした。失礼ですが、どなたさまですか。

G：台湾のリーです。

R：ようこそいらっしゃいました。お待ちしておりました。お部屋は7階の716号室でございます。
恐れ入りますが、パスポートをお見せ下さいませんか。

G：はい、どうぞ。

R：ありがとうございます。恐れ入りますが、この用紙にお書き込み下さいませんか。

G：はい、これでいいですか。

R：結構です。ご預定は2泊3日でございますね。

G：はい、そうです。

R：では、キーをどうぞ。

G：どうもありがとう。

R：いいえ。すぐ、ボーイにお部屋まで案内さ
　　せますので、恐れ入りますが、少少お待
　　ち下さいませ。
G：どうもありがとう。よろしくお願いします。
R：どうぞごゆっくり。

第二節　案内

B：ボーイ
G：客

B：いらっしゃいませ。お部屋へご案内いたします。
　　どうぞこちらへ。お荷物は、これでよろしいですか。

G：はい、そうです。

B：りーさま、エレベーターでご案内いたしますので、どうぞこちらへ。

G：どうもありがとう。

B：どういたしまして。どうぞお先に。

G：ありがとう。

B：お待たせいたしました。7階でございます。どうぞ。

G：どうもありがとう。

B：716号室はこちらでございます。どうぞこちらへ。

G：ありがとう。

B：お待たせいたしました。こちらが716号室でございます。どうぞお入り下さいませ。

G：ありがとう。

B：お荷物は全部で2個、こちらに置きます。

G：どうもありがとう。ご苦労さまでした。

B：どうぞごゆっくり。では、失礼いたします。

第三節 電話交換手のサービス

O：オペレーター
G：客

O：交換台でございます。
G：明日の朝、起こしてほしいのですが。
O：かしこまりました。何時がよろしいでしょうか。
G：7時にお願いします。
O：かしこまりました。
G：ところで外へはどうやってかけますか。
O：市内へは、0を回してからおかけ下さい。市外へは最初に0を回し、次に市外局番と番号をお回し下さい。
G：どうもありがとう。
O：どういたしまして。おやすみなさいませ。

第四節　両替

C：キャッシャー
G：客

C：いらっしゃいませ。

G：両替をしてもらえますか。

C：かしこまりました。こちらの用紙にご記
入いただけますでしょうか。

G：わかりました。

C：500ドルを円にご両替でございますか。

G：そうです。

C：ただいま計算いたしますので、少々お待ち
下さい。

C：お待たせいたしました。本日のレートで6
3,000円でございます。

G：では、お願いします。

C：こちらが日本円でございます。ありがとう
ございました。

第五節　客室へのサービス

H：ハウスキーピング
G：客^{きゃく}

H：客室係でございます。

G：何の用ですか。

H：お部屋の掃除に まいりました 。
　　ただ今始めてもよろしいでしょうか 。

G：今はちょっと用があるので、後にしてもら

　　えませんか 。

H：何時頃がよろしいでしょうか 。

G：そうですね、11 時にお願いします 。

H：かしこまりました 。

G：ところでこの洗濯物をお願いしたいのです

　　が 。

H：かしこまりました 。

G：いつ頃できますか 。

H：今晩の 6 時頃、お届けいたします 。

G：お願いします 。

第六節　宿泊料金の精算
<small>しゅくはくりょうきん　せいさん</small>

C：キャッシャー
G：客
<small>きゃく</small>

C：おはようございます。もうおたちでござい
　ますか。

G：はい、716号室ですが、精算してくれま
　せんか。

C：お待たせいたしました。7　560円で
　ございます。

G：はい。

C：どうもお待たせいたしました。40円の
　おかえしでございます。
　レシート（領収書）をどうぞ。

G：どうもありがとう、おつりはいいです。

C：ありがとうございました。またのおこしを
　お待ちしております。

第七節　出発のお客さまのお見送り

D：ドアマン
G：客
W：運転手

D：ご出発でございますか。

G：はい、お世話になりました。

D：どうもありがとうございました。空港でございますか。

G：はい、そうです。

D：かしこまりました。どうぞお乗り下さい。運転手さん、空港までお願いします。

W：かしこまりました。

D：お客さま、運転手に行き先を言いましたので、どうぞお気をつけて、お帰り下さいませ。

G：どうもありがとう。さようなら。

D：どうもありがとうございました。さようなら。

ホテル用語

1. フロント　　　　　　　2. 予約

3. シングル・ルーム　　4. ダブル・ルーム

5. ツイン・ルーム　　　6. サービス料

7. 税金　　　　　　　　8. レシート
　　　　　　　　　　　　　（領収書）

9. キー（かぎ）　　　　10. 階段

11. ロビー　　　　　　　12. 非常口

13. 両替　　　　　　　　14. 現金

15. シーツ　　　　　　　16. まくら

17. 毛布　　　　　　　　18. タオル

19. せっけん　　　　　　20. くし

21. 歯ブラシ　　　　　　22. トイレット・ペー
　　　　　　　　　　　　　パー

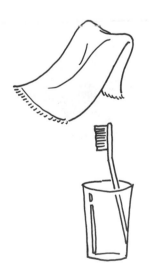
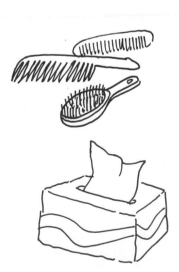

NOTE

第三章　レストランで

W：ウェイター
G：客_{きゃく}

W：いらっしゃいませ。何名_{なんめい}さまですか。

G：一人_{ひとり}です。

W：かしこまりました。どうぞこちらへ。

G：ありがとう。

W：恐_{おそ}れ入_いりますが、少々_{しょうしょう}お待_まち下_{くだ}さい

ませ。

W：お待_またせいたしました。メニューをどうぞ。
何_{なに}を召_めし上_あがりますか。

G：A定食、お願いします。

W：かしこまりました。A定食でございます
　　ね。

G：はい、そうです。

W：パンとスープをお持ちしました。

G：すみませんが、ジャムをくれませんか。

W：かしこまりました。すぐおもちしますので、
　　少々お待ち下さいませ。

G：どうもすみません。

W：はい、どうぞ。

G：どうもありがとう。

W：お客さま、スープとパンをおさげしても
　　よろしいでしょうか。

G：はい、結構です。すみませんが、お水をく
　　れませんか。

W：かしこまりました。ただいまおもちいたし
　　ますので、少々お待ち下さい
　　お待たせいたしました。どうぞ。

G：どうもありがとう。

W：お客さま、お味はいかがでしたか。

G：たいへんおいしかったです。おなかが一杯
　　になりました。
W：お飲物は、何になさいますか。
G：コーヒーを下さい。
　　この店は何時に閉店しますか。
W：はい、１２時に閉店します。
G：そうですか。わかりました。
W：お待たせいたしました。コーヒーとフルーツ
　　をお持ちいたしました。
G：お勘定、お願いします。
W：はい、少々お待ち下さいませ。
G：いくらですか。
W：全部で６５０円でございます。
G：どうもごちそうさまでした。６５０円
　　ですね。
W：どうもありがとうございました。

NOTE

第四章　日本料理店

W：ウェイター
G：客

W：いらっしゃいませ。何名さまですか。

G：一人です。

W：はい、こちらへどうぞ。

　メニューです。

　何をお召し上がりになりますか。

G：この店では何がおいしいですか。

W：そうですね。お刺身、うなぎの蒲焼、えび

　の天ぷらなどおいしいと思いますが、いか

がですか。

G：では、刺身とえびの天ぷらを下さい。

W：はい、かしこまりました。
　　お飲物は何になさいますか。

G：ビールを下さい。

W：はい、すぐおもちいたしますので、少々
　　お待ち下さいませ。

G：お願いします。
　　何かおつまみをくれませんか。

W：かしこまりました。からすみやくらげ、うに
　　などいかがですか。

G：では、からすみを下さい。

W：お待たせいたしました。刺身とえびの天ぷ
　　らをどうぞ。
　　ビールのおかわりをおもちしましょうか。

G：はい、お願いします。
　　何かごはんものがほしいのですが、何かお

いしいものがありますか。

W：それでしたら、うなどんか天どん、か親子
　　どんはいかがですか。

G：では、親子どんを下さい。

W：かしこまりました。みそ湯はいかがですか。

G：いいえ。お茶を下さい。

W：お待たせいたしました。親子どんをお持ち
　　しました。

G：おいしかった。どうもありがとう。
　　全部でいくらになりますか。

W：全部で８５０円でございます。

G：では、これで。おつりは結構です。

W：どうもありがとうございました。

レストラン用語

1. ウェイター	2. ウェイトレス
3. メニュー	4. バター
5. ジャム	6. チーズ
7. 蜂蜜	8. トマトケチャップ
9. パン	10. コーヒー
11. 紅茶	12. アイスティー
13. ミルク	14. コーラ
15. フルーツ	16. 定食
17. ランチ	18. スープ
19. ステーキ	20. サラダ
21. サンドイッチ	22. ビール
23. カクテル	24. ウィスキー

日本料理店用語
<small>に ほんりょう り てんよう ご</small>

1. 松竹梅定食 <small>まつ たけ うめ ていしょく</small>　　2. 醤油 <small>しょう ゆ</small>
3. 酢 <small>す</small>　　4. ソース
5. 刺身 <small>さし み</small>　　6. 天ぷら <small>てん</small>
7. 弁當 <small>べんとう</small>　　8. 寿司 <small>す し</small>
9. 吸物 <small>すいもの</small>　　10. みそ汁 <small>しる</small>
11. 魚 <small>さかな</small>　　12. えび
13. かに　　14. たこ
15. わかめ　　16. おにぎり
17. ざるそば　　18. うどん
19. やきうどん　　20. 茶碗蒸 <small>ちゃわんむし</small>
21. お茶漬 <small>ちゃづけ</small>

第五章　ショッピング

S：店員
G：客

S：いらっしゃいませ。何をさしあげましょうか。

G：お酒とタバコが買いたいですが。

S：かしこまりました。お酒は何になさいますか。

G：ジョニーウォーカーの黒とナポレオンを買いたいのですが。

S：何本ですか。

G：ジョニーウォーカーの黒を2本とカミュ・ナポレオンを1本下さい。

S：かしこまりました。タバコは何になさいますか。

G：では、ケントとマルボロひとつすづ下さい。

Johnnie Walker
BLACK LABLE

S：恐れ入りますが、パスポートと航空券をお
　　願いいたします。

G：はい、どうぞ。

S：ありがとうございました。こちらにサイン
　　をして下さい。お支払いは鄰りでお願いい
　　たします。

G：すみません、「シャネル」の香水を見せて

くれませんか。

S：はい、どうぞご覧下さいませ。

G：これはいくらですか。

S：２５ドルでございます。

G：では、ふたつ下さい。

S：あとは、何かお入り用のものはございませんか。

G：もう結構です。全部でいくらになりますか。

S：合計２４０ドルでございます。どうもありがとうございました。６０ドルのおっりでございます。レシートもどうぞ。

G：どうもありがとう。

S：どうもありがとうございました。

ショッピング用<ruby>語<rt>ようご</rt></ruby>

1. タバコ　　　　　　　　2. ケント
3. ピース　　　　　　　　4. マルボロ
5. スリーファイブ　　　　6. お<ruby>酒<rt>さけ</rt></ruby>
7. ウィスキー　　　　　　8. ブランデー
9. <ruby>香水<rt>こうすい</rt></ruby>　　　　　　10. シャネル
11. コティー　　　　　　　12. クリスチャンディ
　　　　　　　　　　　　　　オール

Christian Dior

CHANEL

NOTE

第六章　インフォメーション　　　　センター

R：レセプション
G：客
D：運転手

R：おはようございます。

G：ステレオを買いたいのですが、どこに行っ
たらいいですか。

R：そうですね。秋葉原にいらっしゃるのが良
いと思います。ディスカウントの電器店が
たくさんございますので、タクシーで３０
分程でございます。

G：どうもありがとう。

R：どういたしまして。

D：どちらまで行かれますか。

G：すみませんが、秋葉原まで行ってくれませ
んか。

D：かしこまりました。秋葉原のどの辺に行か
れますか。

G：駅の南口まで行って下さい。

D：はい、わかりました。

お客さま、つきましたよ。お客さま。

G：あ、すみません。いねむりしていました。

いくらですか。

D：さんぜんななひゃくえん３７００円です。

G：では、これをどうぞ。

D：さんびゃくえん３００円のおかえしです。どうもありがと

うございました。

＊＊＊＊＊

G：すみません、テレホン・カードを買いたい
　　のですが、どこで買えますか。

R：では、あちらのカウンターで売っておりま
　　すので、お買い求め下さいませ。

G：わかりました。どうもありがとうございま
　　した。

＊＊＊＊＊

G：すみません、ちょっとお訪ねしますが。

R：はい、何でしょうか。

G：西武デパートはどこですか。

R：そうですね。この道をまっすぐ行って、一
　　つ目の角を右へ曲がると交差点があります。

G：ええ。

R：左へ曲がって下さい。
　　５０メートル行くと、デパートがありま
　　す。

G：ありがとうございました。

R：どういたしまして。

＊＊＊＊＊

G：すみません、今日（きょう）のお天気（てんき）はどうですか。

R：天気予報（てんきよほう）では雨です。

G：そうですか。傘（かさ）を持（も）っていませんので、ど
　こでうっていますか。

R：一階（いっかい）のショッピングセンターで売（う）っており
　ます。

G：どうもありがとうございました。

インフォメーションセンター用語（ようご）

1. 天気予報（てんきよほう）
2. 交通情報（こうつうじょうほう）
3. 観光案内（かんこうあんない）
4. タクシー
5. テレホン・カード
6. デパート
7. 交差点（こうさてん）

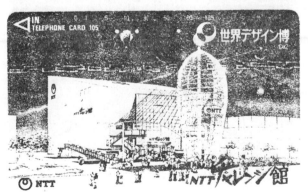

觀光日語

觀光叢書 25

著　　者／劉桂芬

出 版 者／揚智文化事業股份有限公司

發 行 人／葉忠賢

執行編輯／范湘渝

登 記 證／局版北市業字第 1117 號

地　　址／台北縣深坑鄉北深路 3 段 260 號 3 樓

電　　話／(02)8662-6826

傳　　真／(02)2664-7633

網　　址／http://www.ycrc.com.tw

E - m a i l ／service@ycrc.com.tw

郵撥帳號／14534976

戶　　名／揚智文化事業股份有限公司

印　　刷／偉勵彩色印刷股份有限公司

法律顧問／北辰著作權事務所　蕭雄淋律師

初版一刷／1994 年 6 月

二版二刷／2008 年 3 月

定　　價／新台幣 400 元(書籍.CD 不分售)

Ｉ Ｓ Ｂ Ｎ／957-818-066-7

國家圖書館出版品預行編目資料

觀光日語／劉桂芬著. - - 二版. - -臺北市：
揚智文化，1999〔民88〕
　　面：　公分. - -（觀光叢書；25）
含索引
ISBN　957-818-066-7（平裝附CD）

1.日本語言－會話

803.188　　　　　　　　　　　　88014198